JN215375

百閒

もりおかだいいち

七月堂

夏ですが
粗茶でもどうぞと
気を持たせ
いいえと言われる
そこの角まで

なすび
びわ
わさびな
なつの
のれんごし
そこをくぐるなと
店主に言われて

百閒

だし巻きと
余生で
茶の沸く
にっぽんだ

梅がゆと
よばれる人に
夏の風

そうめんと
味噌は
古いほど
よいと聞く

牧水の
ようには
いかず
黙る人

軒先の
父もあじさいも
人の蔭

貸布団
月日に
風はうしろから

足の裏
論より証拠の
つむじ風

茶柱を
たてずに
ほどく
父の町

墓地抜けて
腕より先は
冬の飯

弟を
匁ではかる
母の芸(わざ)

入用が
への字に曲がる
冬の町

荷風の手
女っ気なしの
友がいて

かしわ手を
用意したまま
冬になり

参道へ
見知らぬ
湯島の勝手口

字余りを
手土産にして
冬の客

上の句に
狸寝入りする
夏の人

まともな就寝を
語彙に付け足し
ナスを育てる
夏だから…

遠慮する手が
伸びてきた
ほら
嘘ばかりつくと
枕が次第に
豆の木に…

その足音に
百年かけて
雨より
さきに
帰宅する

こけしに
風の
助けもあるさ

世渡りを
しても
しなくても
冬の人

春ですね
転ばぬ先の
杖をはさんで
各駅停車に
そっと
乗り込む

身の丈に
侘び寂び
入れて
にがい味

問と
読めずに
十年
塩舐める

これという
佳作をもたず
生きてきた

北斎の
百年あとに
水をのむ

造詣が
深いとされてる
人の嘘

湯に行けば
おしりを
最初に
あらうひと

このまちの
豆腐は
もめんと
決まってる

耳があり
そこから
さきには
風があり

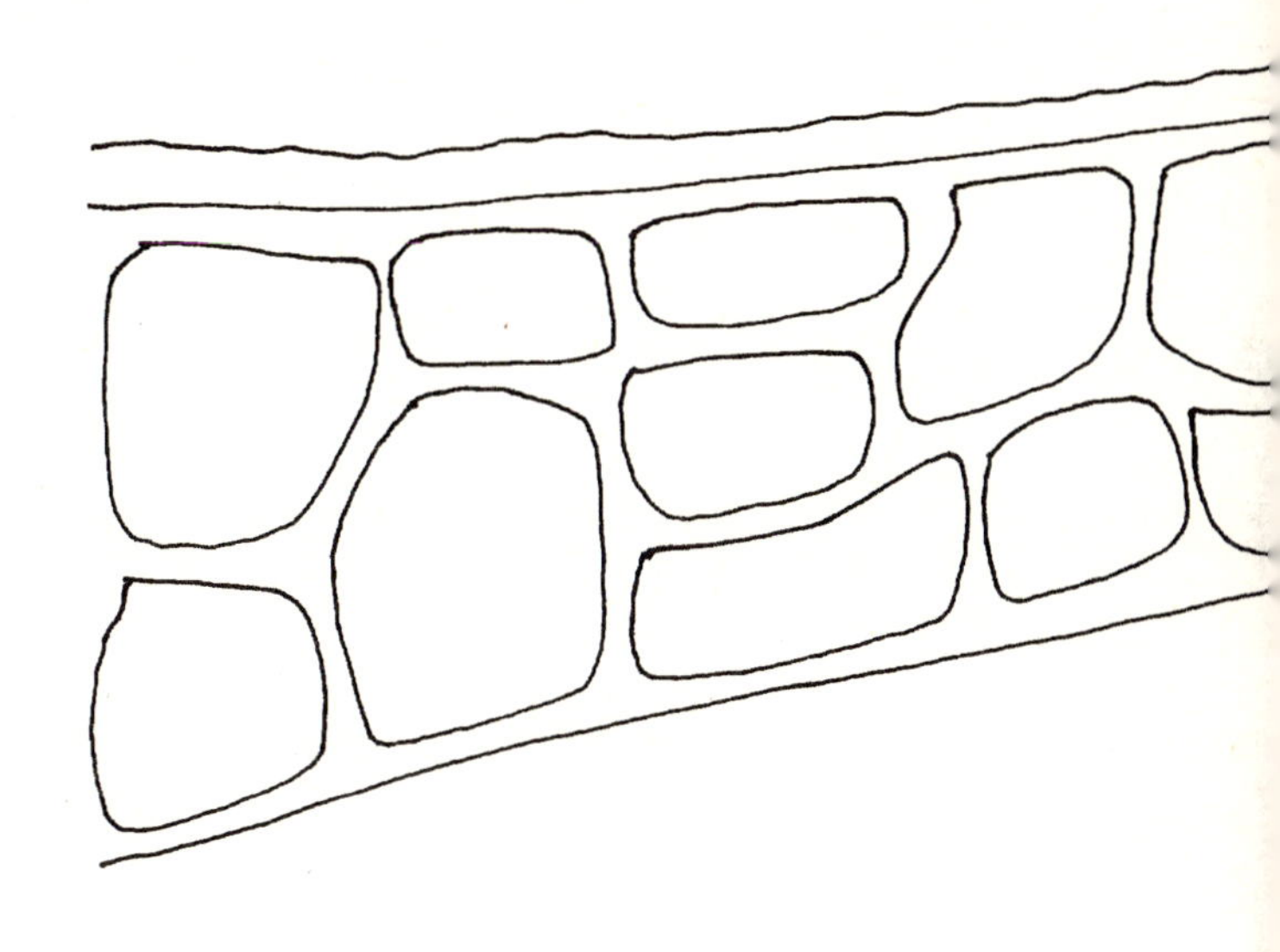

湯呑を買った
夏の朝
湧き水の溢れる
裏道をとおって
骨董市から
家に帰った

その途中
ひまわり畑の
水の端から
ゆっくりと

神社に
立ち寄る
バスを眺めて
額にふきだす
汗をぬぐった

ベランダで
すいれん鉢の
汚れを落とし
せっせと水を張る
父の姿を見ていたら
網戸の向こうで
茶が沸いた

苔を生やした
春の装いに
彫りを深めた
静かな
手つきだ

まっすぐな
春の
雲の下を
通る
老舗の
お蕎麦屋さんを
左に折れて
ちいさな
踏切を
ひとつ
待つあいだ

つぎの夏のことを
考えていた

驚かずに
臍をかむ
それだけで
夏のユーモアは
こと足りるので

今年も
手を振り
背が伸びた

夏の窓
アスファルト
ひまわりに
手を伸ばすと

むくむくと
裏道が
天ぷら屋に
続いてる

夏の窓
アスファルト
ひまわりに
手を伸ばすと

むくむくと
裏道が

天ぷら屋に
続いてる

扇風機
扇子売り
浅草寺に
行ってみたい

戦闘機
晒し首
戦争には
行きたくない

以後
やがて
夏が来て

以後
やがて
夏過ぎて

朝顔は枯れていく
人はみな忘れていく

静かな日
線路沿い
畳の間
冬の晴れ間

息白く
なる頃に
西の空
眺めてる

春の朝
夏の朝
秋の朝
冬の朝

息白く
なる頃に
あの雲を
見つめてる

風の立つ
脇道に
この朝は
続いてる

あとがきを
残すばかりの
白さかな

推薦文

加藤直己（友人）

この掌編を手に取った人間は、その素養を存分に生かして紡がれたみずみずしい詩歌を標に言語の回廊を彷徨し、著者の目を通して切り取られたごくごくありふれていたはずの様々な風景の新たな相貌に直面する。

本を閉じ窓の外に目を向け、その目に映るものを反芻したとき脳にかすかな違和感が残るとすれば、この書によって消えない楔が打ち込まれた証だろう。

あとがき

これは私の初めての小詩集となります。着想の時点から、およそ十年の時が経っていました。タイトルにつけた百聞とは、この十年の間に、私の人生に立ち寄ってきた小さな風音の集積を意味しています。どの風も、どこか懐かしくそして新しく、私の人生にそっと挟み込まれていきます。この掌編も、やがては風に埋もれていくことでしょう。そうなったとき、どうかあなたがこの本を、静かに掘り出してくれますように。

今回お世話になった七月堂の皆様に、心より感謝いたします。

もりおかだいち

85年生まれ。
文芸誌「屁こき城」同人（予定）
（現在のんびり製作中）

挿絵

五十嵐務

Special thanks

ホンマカズキ
楡佳之
加藤直己

百聞

二〇一七年一〇月二六日　発行

著　者　もりおか　だいち

発行者　知念　明子

発行所　七　月　堂

〒一五六—〇〇四三　東京都世田谷区松原二—二六—六

電話　〇三—三三二五—五七一七

FAX　〇三—三三二五—五七三一

印　刷　タイヨー美術印刷

製　本　駒留製本

Printed in Japan

ISBN 978-4-87944-297-0 C0092